詞語硬筆

習字帖

小學三年級

新雅文化事業有限公司
www.sunya.com.hk

目 錄

正確的執筆方法和寫字姿勢

正確的執筆方法

1. 用拇指和食指的第一指節前端執筆，用中指的第一指節側上部托住筆。
2. 大拇指、食指和中指自然彎曲地執筆，無名指和小指則自然地彎曲靠在中指下方。
3. 筆桿的上端斜斜地靠在食指的最高關節處，筆桿和紙面約成 50 度角。
4. 執筆的指尖離筆尖約 3 厘米左右。
5. 手腕伸直，不能扭向內側。
6. 總括而言，執筆要做到「指實掌虛」，即是：手指執筆要實，掌心要中空，小指不能碰到手心。

正確的寫字姿勢

1. **頭要正**：書寫時頭要放正，不能向左或向右偏側，並略向前傾，眼睛距離書本一呎（大約 30 厘米）左右。
2. **身要直**：胸膛挺起，腰背伸直，胸口距離書桌邊約一個拳頭位（大約 10 厘米）左右。
3. **肩要平**：兩肩齊平，不能一邊高，一邊低。
4. **兩臂張開**：兩臂自然地張開，伸開左手的五隻手指按住紙，右手書寫。如果是用左手寫字的，則左右手功能相反。
5. **雙腳平放**：雙腳自然地平放在地上，兩腳之間的距離與肩同寬，腳尖和腳跟同時踏在地上。

漢字的筆畫和寫法

筆畫

漢字筆畫的基本形式是點和線，點和線構成漢字的不同形體。

漢字的主要筆畫有以下八種：

筆畫名稱	點	橫	豎	撇	捺	挑	鈎	折
筆形	丶	一	丨	丿	乀	㇀	亅	乛

筆畫的寫法

筆畫名稱	筆形	寫法
點	丶	從左上向右下，起筆時稍輕，收筆時慢一點，重一點。
橫	一	從左到右，用力一致，全面平直，略向上斜。
豎	丨	從上到下，用力一致，向下垂直。
撇	丿	從右上撇向左下，略斜，起筆稍重，收筆要輕。
捺	乀	從左上到右下，起筆稍輕，以後漸漸加重，再輕輕提起。
挑	㇀	從左下向右上，起筆稍重，提筆要輕而快。
鈎	亅	從上到下寫豎，作鈎時筆稍停頓一下，再向上鈎出，提筆要輕快。
折	乛	從左到右再折向下，到折的地方稍微停頓一下，再折返向下。

以上的八種基本筆畫還可以互相組成複合筆畫，例如豎橫（乚）、橫撇（フ）、捺鈎（乁）、撇點（く）、豎挑（乚）等。

堅強

筆順：

一 丆 丆 丏 平 臣 臤 臤 堅 堅 堅

㇆ ㇆ 弓 弘 弘 弘 弼 弸 強 強 強

堅	強	堅	強	堅	強		

善良

筆順：

丶 丷 丷 ⺍ 乷 羊 羊 羊 羔 盖 善 善

丶 ⺈ ㇉ 彐 艮 良 良

善	良	善	良	善	良		

品行篇
外貌篇
情緒篇
關懷篇
自然篇
城市篇
職業篇
稱謂篇
科技篇

踏實

筆順：

丶 丨 口 口 무 무 무 足 趴 趴 趵 跻 跻

踏 踏 踏

丶 宀 宀 宀 宀 审 宙 宵 宵 宵 曾

實 實

踏	實	踏	實	踏	實		

勤奮

筆順：

一 十 廿 廿 廿 芇 苩 苫 苩 堇 堇 勤

勤

一 广 大 大 木 杏 本 杏 杏 奞 奞

奞 奞 奞 奮

勤	奮	勤	奮	勤	奮		

端正

筆順：

、　丶　亠　亠　立　立'　业　业　端　端　端　端

端　端

一　丁　下　正　正

端	正	端	正	端	正			

孝順

筆順：

一　十　土　耂　考　考　孝

丿　刂　川　川　川　川　順　順　順　順　順

孝	順	孝	順	孝	順			

自私

筆順：

丿 亻 亇 亣 自 自

丿 二 千 禾 禾 私 私

自	私	自	私	自	私		

貪心

筆順：

丿 人 人 今 今 含 含 含 貪 貪

丶 心 心 心

貪	心	貪	心	貪	心		

懶惰

筆順：

丶 丨 忄 忄 忄 忷 忷 忄 忄 忄 愀 愀
愀 愀 愀 愀 愀 懶 懶
丶 丨 忄 忄 忄 忄 忄 忄 忄 惰 惰 惰

懶	惰	懶	惰	懶	惰		

狡猾

筆順：

ノ 犭 犭 犭 犭 狆 狑 狡 狡

ノ 犭 犭 犭 犭 狆 狆 狆 狆 狆 猾 猾
猾

狡	猾	狡	猾	狡	猾		

眼神

筆順：

｜ 刀 月 月 目 目¹ 目² 目³ 眼 眼 眼

丶 ㇋ ㇋ ㇋ 衤 初 初 袒 神

眼	神	眼	神	眼	神		

臉容

筆順：

丿 刀 月 月 肝 肸 胯 胯 胎 脸 脸 脸
脸 臉 臉 臉 臉

丶 丷 宀 宀 穷 穷 突 突 容 容

臉	容	臉	容	臉	容		

髮型

筆順：

一 厂 厂 F F 髟 長 髟 髟 髟 髟

髟 髣 髮
一 二 三 チ 开 刑 刑 刑 型 型

髮	型	髮	型	髮	型		

皮膚

筆順：

フ 厂 厂 皮 皮

丶 丶 广 广 广 广 虍 虍 虍 膚 膚 膚

膚 膚 膚

皮	膚	皮	膚	皮	膚		

品行篇
外貌篇
情緒篇
關懷篇
自然篇
城市篇
職業篇
稱謂篇
科技篇

皺紋

筆順：

丿 勹 勼 勼 甸 甸 芻 芻 芻 芻 芻 芻

芻 皺 皺

乙 幺 幺 糸 糸 糸 紆 紆 紆 紋

皺	紋	皺	紋	皺	紋		

肥胖

筆順：

丿 刀 月 月 月 月 月 肥

丿 刀 月 月 月 月 肝 肝 胖

肥	胖	肥	胖	肥	胖		

強壯

筆順：

ㄱ ㄱ 弓 弘 弘 弘 弘 弜 強 強 強

ㄴ ㄐ ㄐ ㄅ 爿 壯 壯

強	壯	強	壯	強	壯		

漂亮

筆順：

丶 丶 氵 汀 汀 沪 沪 沪 沪 漂 漂

漂 漂

丶 亠 宀 古 古 产 产 亭 亮

漂	亮	漂	亮	漂	亮		

可愛

筆順：

一　丁　可　可　可

一　´　´　´´　´´　严　严　爱　爱　爱　愛　愛

愛

可	愛	可	愛	可	愛		

慈祥

筆順：

一　十　十一　艹　艿　兹　茲　茲　茲　慈

慈　慈

丶　ラ　ネ　ネ　衤　衤　衤　祥　祥　祥

慈	祥	慈	祥	慈	祥		

愉快

筆順:

丶 丿 忄 忄 忄 忄 忄 忄 忄 忄 忄 愉 愉

丶 丿 忄 忄 忄 快 快

愉	快	愉	快	愉	快		

興奮

筆順:

丨 冂 冂 冃 同 同 同 佪 佪 佪 铜 铜

铜 興 興 興

一 ナ 大 大 木 木 本 本 奄 奄 奮 奮

奮 奮 奮 奮

興	奮	興	奮	興	奮		

感動

筆順：

一 厂 厂 厂 后 后 后 忘 忘 忘 感 感
感

ノ ニ イ 台 台 台 盲 重 重 動 動

感	動	感	動	感	動		

難過

筆順：

一 十 廿 廿 廿 芀 苩 苩 芑 蓳 黄 葟
黊 蓳 蓳 蓳 蓳 難 難
丨 冂 冂 冃 冎 丹 咼 咼 咼 渦 渦 渦
過

難	過	難	過	難	過		

生氣

筆順：

ノ ト ヒ 牛 生

ノ ト ヒ 气 气 气 氜 氜 氣 氣

生	氣	生	氣	生	氣		

憤 怒

筆順：

丶 忄 忄 忄 忄 忄 忄 忄 忄 愭 愭 憤
憤 憤 憤
く 女 女 如 奴 奴 怒 怒 怒

憤	怒	憤	怒	憤	怒		

不安

筆順：

一　丆　不　不

丶　宀　宀　空　安　安

不	安	不	安	不	安		

驚慌

筆順：

一　十　廾　芍　芍　苟　苟　苟　莟　敬

敬　敬　警　警　警　驚　驚　驚　驚　驚

丶　忄　忄　忄　忄　忄　忙　忙　忙　慌　慌

慌

驚	慌	驚	慌	驚	慌		

緊張

筆順：

一　丁　冇　百　耳　臣　臤　臤　臤　竪　竪　緊

緊　緊

ㄱ　ㄱ　弓　弖　弖　弖　弐　張　張　張

緊	張	緊	張	緊	張		

失望

筆順：

丿　仁　仁　失　失

丶　亠　亡　亡　亡　望　望　望　望　望　望

失	望	失	望	失	望		

品行篇
外貌篇
情緒篇
關懷篇
自然篇
城市篇
職業篇
稱謂篇
科技篇

關懷

筆順：

｜ ｢ ｢ ｢ ｢ 門 門 門 門 門 閂 閂

閮 閞 閞 閞 關 關 關

丶 ｜ 忄 忄 忄 忄 忄 忄 忄 忄 忄

忄 忄 懷 懷 懷 懷 懷

關	懷	關	懷	關	懷		

照顧

筆順：

｜ 冂 冂 日 昭 昭 昭 昭 昭 昭 照

照

丶 ｈ 宀 戸 戸 戸 戸 戸 雇 雇 雇

雇 雇 雇 顧 顧 顧 顧 顧 顧

照	顧	照	顧	照	顧		

愛護

筆順：

一 ⺈ ⺈ ⺈ ⺈ ⺥ ⺥ 受 受 受 愛 愛
愛

、 亠 ⺊ 言 言 言 言 言 訁 訁 訁
訁 訁 訁 護 護 護 護 護 護

愛	護	愛	護	愛	護		

安慰

筆順：

、 ⺈ ⺳ 安 安 安

⺇ ⺁ ⺄ 尸 尸 尸 尸 层 层 层 尉 尉 尉
慰 慰 慰

安	慰	安	慰	安	慰		

提醒

筆順：

一 十 才 扌 扩 护 押 押 捍 捍 提 提

一 厂 厅 丙 西 西 酉 酉 酌 酊 酊 酲
酲 酲 醒 醒

提	醒	提	醒	提	醒		

勸告

筆順：

一 十 艹 艹 节 芇 芇 荁 荁 苗 萑

荁 苕 菫 菫 萑 萑 藋 勸

丿 厂 ヒ 牛 牛 告 告

勸	告	勸	告	勸	告		

鼓勵

筆順：

一 十 土 士 吉 吉 吉 吉 壴 壴 敼 鼓

鼓

一 厂 厂 厂 厂 厈 厎 厍 厍 厤 厤 厤

厲 厲 厲 勵 勵

鼓	勵	鼓	勵	鼓	勵		

稱讚

筆順：

丿 二 千 千 禾 秒 秆 秆 秆 秆 稱 稱

稱 稱

丶 亠 一 言 言 言 言 言 訐 訐 訐 讚

讚 讚 讚 讚 讚 讚 讚 讚 讚 讚 讚 讚 讚

稱	讚	稱	讚	稱	讚		

品行篇
外貌篇
情緒篇
關懷篇
自然篇
城市篇
職業篇
稱謂篇
科技篇

細心

筆順：

ㄥ ㄠ ㄠ ㄠ ㄠ ㄠ 糸 糹 紷 細 細

丶 心 心 心

細	心	細	心	細	心		

耐性

筆順：

一 厂 厂 丙 而 而 耐 耐

丶 忄 忄 忄 忄 忄 性 性

耐	性	耐	性	耐	性		

榕樹

筆順：

一　十　才　木　术　术　栌　栌　栌　柗　校　椊
榕　榕
一　十　才　木　木　村　村　桔　桔　桔　桔
桔　桔　樹　樹

榕	樹	榕	樹	榕	樹		

樹蔭

筆順：

一　十　才　木　木　村　村　桔　桔　桔　桔
桔　桔　樹　樹
一　十　　　　　萨　萨　萨　薜　蔭

蔭　蔭　蔭

樹	蔭	樹	蔭	樹	蔭		

品行篇
外貌篇
情緒篇
關懷篇
自然篇
城市篇
職業篇
稱謂篇
科技篇

品行篇
外貌篇
情緒篇
關懷篇
自然篇
城市篇
職業篇
稱謂篇
科技篇

荷花

筆順：

一 十 卄 ㅛ 艹 艿 芢 芢 荷 荷 荷

一 十 卄 ㅛ 艹 艿 芢 花 花

荷	花	荷	花	荷	花		

碧綠

筆順：

一 二 千 王 王 ㎡ 玟 珀 珀 珀 珼 珼

珼 珼

ㄥ ㄥ 幺 幺 糸 糸 糸 糿 紵 絑 絲 綠

綠 綠

碧	綠	碧	綠	碧	綠		

藍天

筆順：

一　十　十　艹　艹　艹　苧　苧　萨　萨　萨

萨　萨　藍　藍　藍　藍
一　二　干　天

藍	天	藍	天	藍	天		

黃昏

筆順：

一　十　艹　艹　丗　芒　昔　昔　苗　黃　黃

一　亡　氏　氏　氏　昏　昏　昏

黃	昏	黃	昏	黃	昏		

彩虹

筆順：

ˊ　ˋ　ˊ　ˊˊ　ㄥ　乎　乎　釆　彩　彩　彩

ˋ　ㄇ　口　中　虫　虫　虫-　虹　虹

彩	虹	彩	虹	彩	虹		

海浪

筆順：

ˋ　ˋ　氵　氵　汇　汇　汇　海　海　海　海

ˋ　ˋ　氵　氵　汀　汀　浔　浪　浪　浪

海	浪	海	浪	海	浪		

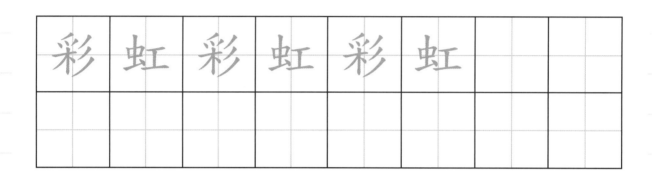

珊瑚

筆順：

一 二 干 王 玒 玒 珊 珊

一 二 干 王 王 玒 玒 珀 珀 珂 瑚 瑚
瑚

珊	瑚	珊	瑚	珊	瑚		

海藻

筆順：

丶 丶 氵 氵 汇 汇 海 海 海 海

一 十 艹 艹 艹 芍 芍 苎 藻 藻 藻
藻 藻 藻 藻 藻 藻 藻 藻

海	藻	海	藻	海	藻		

品行篇
外貌篇
情緒篇
關懷篇
自然篇
城市篇
職業篇
稱謂篇
科技篇

機場

筆順：

一 十 才 木 木 杉 松 松 松 松 機 機

機 機 機 機

一 十 土 坦 坦 坦 坦 坦 埍 場 場

機	場	機	場	機	場		

纜車

筆順：

ㄥ ㄠ ㄠ ㄠ ㄠ 糸 糸 糸 紀 紅 紅 絍 絍 綛

纜 纜 纜 纜 纜 纜 纜 纜 纜 纜 纜 纜 纜

一 厂 厅 厅 百 百 亘 車

纜	車	纜	車	纜	車		

碼頭

筆順：

一 ⅂ ⱦ 石 石 石 矿 矿 矿 碼 碼 碼

碼 碼 碼

一 ⼚ 百 百 戸 戸 豆 豆 豇 豇 剅 頭 頭

頭 頭 頭 頭

碼	頭	碼	頭	碼	頭		

輪船

筆順：

一 ⼚ 百 百 百 亘 車 車 車 輪 輪 輪

輪 輪 輪

丿 ⼎ ⼓ 月 月 舟 舟 船 船 船 船

輪	船	輪	船	輪	船		

電車

筆順：

一 厂 戶 币 币 雷 雷 雷 雪 雪 雷 電

一 厂 厅 戸 百 亘 車

電	車	電	車	電	車		

戲院

筆順：

l ㅏ ㅏ 广 卢 卢 虍 虐 虍 虐 虐 虐

虘 虘 戲 戲 戲

 阝 阝 阝 阡 阡 阡 陀 院

戲	院	戲	院	戲	院		

餐廳

筆順：

丶 ﻪ ﻪ ʖ ʖ 夘 夘 夘 夗 夗 夗 夗

夗 夗 餐 餐

丶 亠 广 广 广 厈 厈 厈 厈 厈 厈 厈

厈 厈 厈 厈 厈 厈 厈 厈 厈 厈 厈 廳

餐	廳	餐	廳	餐	廳		

銀行

筆順：

丿 ﻪ ﻪ ﻪ 牟 牟 金 金 釒 釒 釒 鈤

鈤 銀

丿 ﻪ 彳 彳 行 行 行

銀	行	銀	行	銀	行		

郵局

筆順：

⺊ 二 三 壬 壬 壬 垂 垂 垂 垂 郵 郵

⺆ ⼮ 尸 尸 局 局 局

郵	局	郵	局	郵	局		

診所

筆順：

、 ⼆ ⺊ 言 言 言 言 言 診 診 診 診

⼃ ⼆ 尸 戶 戶 所 所 所

診	所	診	所	診	所		

教師

筆順：

一 十 土 耂 耂 考 孝 孝 教 教 教

丿 亻 亻 亇 亇 自 自 自 師 師 師

教師	教師	教師				

醫生

筆順：

一 丆 丆 丆 丆 医 医 医 医 医 医

医 医 医 医 医 医
丿 广 丆 牛 生

醫生	醫生	醫生				

品行篇
外貌篇
情緒篇
關懷篇
自然篇
城市篇
職業篇
稱謂篇
科技篇

護士

筆順：

、 ㇒ 亠 言 言 言 言 訁 訁 訁 訁
訊 訊 訌 訓 訓 誆 誆 護 護

一 十 士

護	士	護	士	護	士		

廚師

筆順：

、 亠 广 广 庁 庄 庐 唐 唐 唐 廚
厨 廚 廚

、 亻 ｆ ｆ 白 自 自 訂 師 師

廚	師	廚	師	廚	師		

侍應

筆順：

ノ 亻 亻 亻 亻 侁 侍 侍

丶 宀 广 广 广 庀 府 府 府 庐 庐 雁

雁 雁 應 應 應

侍	應	侍	應	侍	應		

社工

筆順：

丶 ラ ネ ネ ネ 礻 社 社

一 丁 工

社	工	社	工	社	工		

郵差

筆順：

ノ 二 三 千 千 舌 ≦ 垂 垂 垂ʼ 郵ʒ 郵

丶 丷 ⺍ ⺣ 羊 羊 差 差 差

郵	差	郵	差	郵	差		

司機

筆順：

フ フ 刁 司 司

一 十 才 木 朩 朳 松 松ʼ 松ʒ 松ʒ 榉

榉 機 機 機

司	機	司	機	司	機		

導遊

筆順：

、 ゛ ゛ ゛ ゛ ゛ 芦 首 首 首 首 道 道

道 道 導 導

、 ゛ 亠 方 方 方 扩 扩 扩 斿 游 游 游

遊

導	遊	導	遊	導	遊		

演員

筆順：

、 ゛ ゛ ゛ ゛ ゛ 沪 沪 沪 浐 浐 滀 演

演 演

、 口 口 戸 戸 月 月 冒 員 員

演	員	演	員	演	員		

品行篇
外貌篇
情緒篇
關懷篇
自然篇
城市篇
職業篇
稱謂篇
科技篇

祖父

筆順：

丶 ㇇ 礻 礻 礻 初 初 祖 祖

丶 丷 丷 父 父

祖	父	祖	父	祖	父		

祖母

筆順：

丶 ㇇ 礻 礻 礻 初 初 祖 祖

㇄ ㇗ 母 母 母

祖	母	祖	母	祖	母		

外公

筆順：

ノ ク タ タ 列 外

ノ 八 公 公

外	公	外	公	外	公		

外婆

筆順：

ノ ク タ タ 列 外

丶 冫 氵 沪 沪 沪 波 波 婆 婆

外	婆	外	婆	外	婆		

舅母

筆順：

ノ ′ ′ ′ ′ ′ ′ ′ ′ ′ 臼 臼 臼 昌 帛 昌 舅

舅

乚 口 口 母 母

舅	母	舅	母	舅	母		

姨丈

筆順：

乚 乀 女 妒 妒 妒 姬 姨 姨

一 ナ 丈

姨	丈	姨	丈	姨	丈		

表哥

筆順：

一 二 丰 圭 耒 耒 耒 表

一 厂 币 币 可 可 可 哥 哥 哥

表	哥	表	哥	表	哥		

堂姐

筆順：

丨 丨 丷 丷 丷 岩 岩 崇 堂 堂 堂

く 女 女 如 如 如 姐 姐

堂	姐	堂	姐	堂	姐		

科學

筆順：

一 二 千 禾 禾 禾 禾 科 科

` ` ` ` ` ` ` ` ` ` ` ` 學

學 學 學 學

科	學	科	學	科	學		

發明

筆順：

フ ヌ ダ 癶 癶 癶 癶 癹 癹 發 發 發

一 冂 月 日 旴 明 明 明

發	明	發	明	發	明		

觀察

筆順：

一　亅　艹　艹　艹　艹　艹　艹　苩　苩　苩　苩

苩　苩　苗　葟　葟　藋　藋　藋　觀　觀　觀　觀

丶　八　宀　宀　夗　夗　夗　夗　宨　宨　宨　察

察　察

觀	察	觀	察	觀	察		

改變

筆順：

フ　コ　己　己　屵　改　改

丶　亠　亠　言　言　言　言　信　紡　結　結

結　結　結　絲　絲　緣　緣　戀　戀　變　變

改	變	改	變	改	變		

品行篇
外貌篇
情緒篇
關懷篇
自然篇
城市篇
職業篇
稱謂篇
科技篇

解決

筆順：

ノ ク ク 角 角 角 角 角 解 解 解 解
解
丶 ニ 氵 氵 沪 沪 決 決

解	決	解	決	解	決		

困難

筆順：

丨 冂 刂 用 困 困 困

一 十 卄 卄 艹 芦 昔 昔 堇 堇 茣 茣
茣 茣 茣 茣 難 難 難

困	難	困	難	困	難		

理想

筆順：

一 二 干 王 玎 玎 玾 珒 理 理

一 十 才 木 札 机 相 相 相 想 想

想

理	想	理	想	理	想		

貢獻

筆順：

一 丁 干 产 吞 吞 青 青 貢 貢

丶 卜 占 广 庐 声 虍 虍 虍 虍 虍

虜 虜 虜 虜 虜 獻 獻 獻

貢	獻	貢	獻	貢	獻		

詞語硬筆習字帖——小學三年級

編　　著：新雅編輯室
責任編輯：葉楚溶
繪　　圖：立雄
美術設計：鄭雅玲
出　　版：新雅文化事業有限公司
　　　　　香港英皇道 499 號北角工業大廈 18 樓
　　　　　電話：(852) 2138 7998
　　　　　傳真：(852) 2597 4003
　　　　　網址：http://www.sunya.com.hk
　　　　　電郵：marketing@sunya.com.hk
發　　行：香港聯合書刊物流有限公司
　　　　　香港荃灣德士古道 220-248 號荃灣工業中心 16 樓
　　　　　電話：(852) 2150 2100
　　　　　傳真：(852) 2407 3062
　　　　　電郵：info@suplogistics.com.hk
印　　刷：中華商務彩色印刷有限公司
　　　　　香港新界大埔汀麗路 36 號
版　　次：二〇二〇年七月初版
　　　　　二〇二二年五月第三次印刷

ISBN: 978-962-08-7526-7